음유시인

음유시인

발행일	2022년 9월 20일

지은이	박진오		
펴낸이	손형국		
펴낸곳	(주)북랩		
편집인	선일영	편집	정두철, 배진용, 김현아, 장하영, 류휘석
디자인	이현수, 김민하, 김영주, 안유경	제작	박기성, 황동현, 구성우, 권태련
마케팅	김회란, 박진관		
출판등록	2004. 12. 1(제2012-000051호)		
주소	서울특별시 금천구 가산디지털 1로 168, 우림라이온스밸리 B동 B113~114호, C동 B101호		
홈페이지	www.book.co.kr		
전화번호	(02)2026-5777	팩스	(02)2026-5747

ISBN	979-11-6836-503-2 03810 (종이책)	979-11-6836-504-9 05810 (전자책)

(주)북랩 성공출판의 파트너

북랩 홈페이지와 패밀리 사이트에서 다양한 출판 솔루션을 만나 보세요!

홈페이지 book.co.kr • **블로그** blog.naver.com/essaybook • **출판문의** book@book.co.kr

작가 연락처 문의 ▸ ask.book.co.kr

작가 연락처는 개인정보이므로 북랩에서 알려드릴 수 없습니다.

음유시인

박진오 시집

북랩

작가의 말

제가 글을 쓰는 이유는 오로지 행복해지기 위해서이고, 그 행복과 충만함을 많은 이들에게 나누어주고 싶기 때문입니다. 어릴 적부터 철학에 관한 책을 많이 읽으며 인생에 대한 고뇌와 성찰을 많이 해왔던 저는 일체유심조, 즉 마음이 모든 것을 결정하고 지어내는 것임을 깨달았습니다. 행복은 오로지 자신이 선택하는 것이죠. 마음이 괴롭다면 억만금을 가지고도 불행할 수 있고, 행복하기 위해 집중하고 노력하는 사람은 가진 것이 부족해도 편안한 행복을 만끽할 수 있습니다. 이 책은 그 깨달음을 근간으로 쓰였습니다.

음유시인이라는 시집 속에는 불안한 20대 청년인 박진오의 고뇌와 사색, 잘 살아내고 싶은 한 인간으로서의 욕심과 반성, 그리고 사랑과 정, 감동과 슬픔 같은 수많은 감정을 저만의 필체로 녹여내 수년 동안 써온 저의 시들이 담겨있습니다.

삶과 사랑과 사람은 같은 듯 다른 단어이지요. 이 시들을 읽으며 우리 삶과 그 삶을 살아가는 사람들을 사랑할 수 있는 여러분이 되셨으면 더할 나위 없이 기쁠 것 같습니다.

저의 메일인 'clca123@naver.com' 혹은 인스타그램 아이디인 'jino_01_star'로 이 시집을 읽고 난 후기나 느낌을 써서 보내주시면 저의 창작 활동에 엄청난 힘과 보탬이 될 것 같습니다.

사랑하는 독자분들께 무한한 축복과 행복만이 가득하시기를 기도하겠습니다.

저의 책을 발간하는 것이 평생소원이었는데 어릴 적 꿈을 이루게 되어 너무나 기쁩니다. 시 쓰기와 별 보기를 참 좋아했던 문학 소년의 첫 시집, 어여쁘게 봐주셨으면 좋겠습니다.

contents

다시 쓰여진 시

어릴 적엔 시인이 되고 싶었다
세상에 치여
잊고 산 지 오래되었건만
동주 시인의 시집을 읽다
문득 다시금 시를 쓰고 싶었다

하늘과 바람과 별과 시
그대가 남기고 간 시집처럼
나도 하늘나라로 갈 날이 오면
남길 게 많고 싶은 바람이 있다

운이 좋게도 시대를 잘 만나
음악으로 남길 것은 많이 있으나
글쟁이로 살고 싶었던 어릴 적 꿈처럼
글로도 몇 사 남기고 싶어진다

이 글이 기폭제가 되어
다시 예쁜 우리 글들을 많이 보았으면 싶다
다시 예쁜 한글로 시를 많이 지었으면 싶다

십오일부터 이 주간 아팠다
나와, 내 가족과, 내 주변인들이
아프지 않았으면 좋겠다
건강히 오래 살았으면 좋겠다

좋은 글들을 많이 적어라
좋은 음악을 많이 남겨라
고되고 삭막한 이 세상에
네 방에 걸린 문구처럼
축복의 씨앗이 되어라

사랑하는 모든 이에게 쓰는 것

포기하지 말 것

아프지 말 것

반드시 이겨낼 것

아무리 아프더라도

끝까지 살아남을 것

두려워 말 것

항상 잘 표현할 것

겸손할 것

항상 모든 것에서 배울 것

하나님에게 자주 기도할 것

가까운 사람일수록 잘해줄 것

긍정적인 말을 많이 할 것

아플 때는 꼭 병원에 갈 것

그것이 비단 몸뿐이 아니라

정신이 아플 때도 그러할 것

뭐든지 최선을 다할 것

인생에 운이 반임을 인정할 것

대신 나머지 반은 죽어라 하여

꼭 네 손으로 이뤄낼 것

감사할 것
네가 태어났음을 감사할 것

오늘은 어제 죽은 사람들이
그토록 갈망하던 내일임을
잊지 말고 살 것

밤을 헤엄쳐

밤에 젖어
몸이 무겁다
차박차박
어둠을 헤엄치며
간신히 돌아온 집
온몸에 젖은 고독이
떨어져
사방이 흥건하다

구름

인생이란 한갓 구름과 같네
부귀영화를 쫓아 내달리고
희로애락에 웃고 울더라도
결국 흩어지는 구름과 같다네

젊은이여
무엇을 두려워하는가
끝내는 모두 흩어 사라지는
구름 같은 인생인 것을

사랑을, 사랑을

세상에서 가장 아름다운 말을 빚는다
사랑한다는 그 한마디
도저히 부끄러워 목젖에서 울컥거리다
결국 홀로 간직하던 간절한 그 한마디
끝내 그들의 아픔을 사랑하고 함께 울부짖으며
그들을, 그들을 사랑해본다

슬픔도 절망도 흰 눈 사이로 사라지도록
포근하고 따뜻한 초봄 눈 같은 그 한마디
차디찬 눈 덩어리 속에서도 푸릇한 봄꽃 피워낼
훈훈한 겨울 속 포옹 같은 그 한마디
우리는 우리는 기다리던 그대를 얼싸안으며
마침내 너를, 너를 사랑해본다

아름다운 것들

아름다운 것은 말이 없다
따스한 햇살과 시원한 바람
여명의 일출과 황혼의 낙조
그들에게는 말이 없다

그런데 우리는 말이 많다
서로 하고 싶은 말이 너무나 많다
너나 할 것 없이 얘기를 한다
누구도 듣고 있지는 않은 채로

나는 햇살이고 싶다
나는 바람이고 싶으며
여명의 일출로 왔다가
황혼의 낙조로 지고 싶다

세상에 하고 싶은 말은 많지만
잠시 동안 넣어두려 한다
아름다운 사람이 되기 위해
묵묵히 자리를 지키려 한다

우리의 봄

시리고 춥던 고요한 겨울이 다 가고
가슴 속 아픔도 잔잔히 아물어 갈 즈음
어느샌가 우리가 눈치채지 못하게
그윽한 향의 봄이 따뜻하게 우릴 적신다

다시는 따뜻하지 못 하리라 여겼던 세상도
다시 벚꽃 빛의 생기로 빛나는구나

성공이 올까

열심히 하면 성공이 올까
밤은 깊고 봄바람도 차지만
나에게도 뜨거운 여름이며
쓸쓸한 가을이며
차가운 겨울에 맞이할
하잘것없는 성공이 올까

울림이자 달빛이자 햇살

그대는 나의 울림
고요한 적막 속에서
나를 일깨워준
그대는 누구신가요

그대는 은은한 달빛
암흑 속을 비추면서
내 길을 밝혀주던
그대는 누구신가요

그대는 한 줄기 햇살
꽃봉오리인 나에게
만개하도록 쬐어주던
그대는 누구신가요

그대는 울림이자 달빛이자 햇살
날 깨우고 비추며
하찮은 나를 꽃으로 만들어준
마음에 오래 그리던 사람

바람

제 말에 골몰하고 있을 뿐
듣는 귀가 부진해진 이 세상에서
나는 누군가의 귀이고
나는 누군가의 입이 될 수 있을까

서슬 퍼런 추위가 세상을 덮쳐
별들마저 빛을 잃어버린 이 세상에서
나는 누군가의 온기이고
나는 누군가의 빛이 될 수 있을까

나는 오늘도 시를 읊는다
나는 오늘도 한 편의 노래를 부른다
세상의 끝에 미치지 못할지언정
조금의 약진을 기대하며

나는 오늘도 펜을 든다
나는 오늘도 가사를 적는다
어서 따스한 봄 내음이 풍기리라
매화가 만개하리라

숨결

보슬거리며 내 머리 위로
하나씩 떨어지는 수많은 알갱이들은
바람과 만나 나에게로 와서 숨결이 된다

그 숨결은 나에게 기분 좋은 느낌을 주고
마음마저 시큰하도록 상쾌하게 나를 스쳐 지나간다

이것이 나와의 인연인 듯이
눈을 감으면 사라지고 이어지는 그런 운명인 것을

기분 좋은 수많은 숨결들처럼
나의 운명도 그러하기를

똑같은 계절, 다른 결말

봄에 마구 부리고 거들먹거리는 자들의 배에
기름이 끼고 친한 이들이 모일진저
그자는 여름에 꼭 부귀를 누릴 것이고
가을에 시원한 바람을 쐬며 지낼 것이네

하지만 그가 겨울이 되자 곁에는 하얀 가지들만이
황량하게 그를 맞이할 것이며 남은 것이라고는
머리에 찬 오물이며 배에 낀 기름일 뿐이던가
모두 추운 서리에 그를 떠나간다네

하지만 겨울에 힘들지만 베푼 자들에게는
분명히 봄에 나눠주려는 자들로 가득할 것이며
그의 곁에는 봄날의 친구들로 가득할 것이네

보니, 세상은 참 묘하다네 둘은 봄이라는 계절에 잘 먹게 되었고

친구가 많고 즐겁게 되었으나

다른 마지막을 지냈다네

그들은 같지만 참 다른 삶을 살았다네

슬피 우는 추풍아

추풍아
너 왜 그리 서럽게
울고 있느냐

곧 맞이할
새 겨울의 백설이
두려워서이냐

떠나보낸
옛 여름의 매화가
그리워서이냐

고독하다
주저앉지 말거라
지금의 가을아

추풍아
곧 너를 기뻐 맞을
단풍 없으랴

거목

육체를 이기는 건 올곧은 정신
한 줄기 맑은 정신으로
온 세상을 밝힌다

힘들어 주저앉지 말아라
살아내느라 힘드니
나도 그렇다. 허나,

우리는 모두 거목이 될 거다
정말 거대한 거목이 될 거다
한순간도 의심치 않는다!

땅속에 짓이겨져서
근육이 찢어지고 비명을 질러도
결국에는 땅을 뚫는 거목이 될 거라는 걸

믿어 의심치 말아라

우리는 모두 아름다운 거목이 될 거야

정신 차리고 다시

꾸물꾸물 힘내는 거다

고귀한 시인이 묻는다

시인은 나더러 배우라 한다
나는 귀를 기울인다
아름다운 시 한 줄에 쓰인
고귀한 시인의 목소리

부당함에 무력한 것을 분개하며
푸른 녹이 슨 구리거울 속
한 남자를 부끄럽게 여기던
고귀한 시인의 정신

모든 죽어가는 것을 연민하며
잎새에 부는 바람에도 괴로워하던
빛바랜 시집 속에서 숨 쉬는
고귀한 시인이 묻는다

너는 왜 죽이지 못하여 분개하는가
타인의 성공에 분개하고
이기지 못함에 분개하고
많이 얻지 못함에 분개하는가

낯이 뜨거워진다

온몸으로 시를 썼던 전태일이

살아 돌아와 말을 건네는 듯

우리는 동시에 침묵할 수밖에 없었다

꽃과 벌

나는 꽃을 찾아 나선 벌
향긋한 꽃의 향취를 찾아
보잘것없는 날개를 퍼덕이며
힘차게 님을 찾아 날아간다

가끔 소나기가 쏟아진다
날개가 힘없이 젖을 때면
한없이 서글퍼져 울지만
다시 힘을 내어 날아가야 한다

때론 태풍이 몰아친다
허나 두려워 주저앉을 순 없다
힘에 겨워 날갯짓을 멈추는 순간
아래로 떨어질 것을 난 알고 있다

끝내 저 멀리 꽃이 보인다
온몸이 성한 곳 하나 없지만
어여쁘게 핀 꽃은 나를
함박웃음으로 맞이해 준다

너에게 하기 힘든 말

설핏설핏
드는 생각

도대체 무엇이길래
그렇게 하기가 힘든가
하고 나면 참 개운하고
하고 나면 참 아름다운 것인데
거기까지 닿기가 참으로
고된 번뇌인 것이다

애태우고 가슴 졸이고 아파하고 슬퍼하고 터져버리
고 찢겨나가고
짓이겨지고 분노하고 만신창이가 되어서 혼자 울고
있을 바에야

진심으로 미안하다고 말하자
오늘 하루 고마웠다고 말하자
너를 너무 사랑한다고 말하자

진심으로 너에게 얘기했을 때

아픈 현실은 과거가 되고

현실은 다시금 우아한 향기로 다가온다

달아

달아 너는 어찌하여 의구한 것인가
나는 어지러이 또한 부끄럽게
이리저리 인생의 풍파에 휩쓸리는데
달아 너는 어찌하여 그대로인가

달아 너는 원망스럽지 아니한가
처음의 기개와 포부를 잊은 사내를
기다리고 의젓하게 떠 있는 너
달아 내가 원망스럽지 아니한가

너는 단번에 그렇다고 말한다
물에 젖은 달빛이 두 겹 세 겹이 되고
부끄러운 마음에 잠시 눈을 감지만
그는 아직 갈 길이 멀기에 힘을 내라 한다

내게 갈 길이 멀다고 한다
이 긴 밤도 지나면 일장춘몽일 테니
다시 열심히 열심히 달리라 한다
너만 삶의 풍파에 넘어졌던 것은 아니라 하면서

지하철

지친 몸을 이끌고 오늘도 전철에 타
귀에는 노래 흠뻑 적시고 주위를 둘러본다
졸려 눈 감는 아주머니
돋보기안경 쓰시고 휴대폰 보는 할머니
검은 바지에 청재킷 입은 대학생
옆구리 찌르며 아들을 사이에 둔 젊은 부부의 장난에
피곤함은 어디 갔는지 싱긋 웃음이 나오네

어느새 주위를 둘러보다 보니 전 역이네
다음 역은 내려야 할 역
어느새 지옥 같던 전철 안이 즐겁다
아쉬워지기까지 하네

참 마음먹기에 달렸어
모든 건 마음 먹기에 달렸어
인생이란 건 참 재밌게도
마음먹기에 달렸어

흩어지는 밤

누가 우리의 추억들을 물들이려 하나요
어두컴컴한 칠흑에 찌든 조명이란 얼룩
찬 바람에 우리의 추억들마저 씻겨가는 듯 해
이 밤의 찬 바람이 내겐 너무나 시린 거죠

밤이 싫어질 때쯤 밤을 찢고 아침이 오길 원해요
저 하늘에 별을 쏘아 올려 밝은 날이 오길 원해요
그 별이 해만큼 밝지는 않을지라도
달만큼 크고 아름답게 빛나기를 원하죠

눈

겨울빛 하늘에 눈이 내립니다
찬 눈을 수북이 맞고 있자니
적잖이 가슴이 아려 옵니다

파란 하늘은 다만 청청하던데
시리고 아린 얄궂은 그대들은
진정 내 맘 아는지 모르는지

가벼운 우스개처럼 펄펄 내립니다
차고 황량한 그대들의 무게가
결코 가볍지만은 않지만 말입니다

하지만 몇십 보 걸은 후에야
봄빛 생기가 돌아들 것을 알기에
다만 차다고 하며 묵묵히 걷습니다

별

별
나는 별처럼 살 테야
저 하늘 높이 찬란한
공허한 곳에 존재하는,

별
밤을 장식하면서도
영원히 그 자리에서
묵묵한 수려함을 빛내는,

별
사람은 변한다고 했다만
무수한 방해와 공허
그 속에서도 영원한,

별
나는 그 별처럼
묵묵히 빛나련다
누군가의 밤의 동행자가 되련다

나비야

나비야
준법의 테두리 안에서는
내 멋대로 살고 싶구나
그게 그리도 큰 어려움인가
제약이 이리도 많은 게 참으로 삶이던가?

나비야
훨훨 나는 게 참으로
아름다워 보인다

나 역시 억겁의 무게를 벗어나
자유롭게 훨훨 날고 싶다
꿀 한 입 잔뜩 맛보고
다만 행복하게
아무 걱정도 없이
행복하게 날고 싶단다

때가 오면
나도 인고의 시간 거쳐
날개가 자라나리라!

때가 오면
훨훨 날아가리라
저 멀리
청명한 하늘 속으로
저 멀리
원하던 이상향 찾아
날아가리라, 날아가리라!

애처로움

아이가 뛰놀지 못하는 세상은
애처롭다
행복하게 뛰놀지도 못하고
불안함 속에서 맘 졸이며
하고 싶은 것도
제대로 못 하며
감옥에 포승줄 칭칭 감고
눈 가리우고 살아간다

커서는 무어가 달라지느냐?
인생은 스스로 개척하기 전까지는
모두 노예의 삶을 사는 것이다
목각 인형처럼,
줄 없이 한 걸음도 못 떼는 것이다.

그리 생각하니 또 애처롭다

또한 미래는 어디에 보이는가?
아롱거리며 보일 듯 말 듯

미리 다 알면 재미없기에
신께서 가려두셨나?

걱정에 잠 못 이루는 건 나쁜인가
아니, 아니야
그것만은 아닐 거라고 위로하는 게
대체 무슨 의미가 있단 말인가.

인생은 쓰디쓰다는데
참말로 그러한가 보다.
내 마음대로 되는 건 하나 없고
오늘 밤만 푹푹 깊어지며
거뭇거뭇 어둠을 덧댄다

힘들고 지친 너에게

그래. 많이 힘들지?
나도 네 기분을 알아.

그래도, 우리는 이겨낼 거야.
반드시, 반드시 이겨낼 거란다.

힘들겠지만 끝까지 놓지 말아줘
끝까지, 악바리처럼 붙잡고 살아내 주렴.
너는 가장 예쁘게 피어날 꽃이란다.
지금부터 지레 너의 뿌리를 꺾지 말아 주렴.

온갖 폭풍 호우들이 너를 괴롭힌대도
물난리가 끝나면 땅은 단단해질 거야.

우리 모두 승리하자.
살아남는 사람이 승자가 되는 거란다.
끝까지 이겨내 주렴. 살아남으렴.

포기하지 마.

그러기에는 너는 너무나도 소중한 존재야

우주에 단 하나밖에 없는 너라는 존재가

이전에도 없었고 앞으로도 없을 너라는 존재가

얼마나 엄청난 존재인지

너 스스로 세상에 당당히 알려 주렴

나는 너를 응원한다.

끝까지 버텨줘. 너에게 반드시 기적이 일어날 것이
니까.

고뇌의 새벽

나는 무엇을 위하여
노래를 만드는가
시를 적고
생각을 하는가

방 안에 누워
가만히 생각을 나열하고 있으면
내 부푼 가슴 속에
청명한 미래의 분신들이 하나둘 생겨난다

타오르는 정열 속
아로새긴 다짐
세계에 이로운 자신이 되겠노라
하늘에 계신 아버지께 기도하며

오늘도 잘 살았는가
거울 속 나에게 묻는다
별을 좋아하는 내가
과연 별처럼 빛날 수 있을는지

깊은 잠에 빠져들며
불안한 앞날의 현실은 잊은 채
부푼 생각들 다만 가득하다

후에야 알았노라

아픈 후에야 알았노라
건강이 소중함을

떠난 후에야 알았노라
그 사람이 소중함을

잃은 후에야 알았노라
그것이 소중함을

이제는 미리 알고 싶다
쉬이 잃고 싶지 않은 나의 결심이노라.

죽지 말고 살아라

죽지 말고 살아라
악착같이 살아라
산기슭 벼랑에 악착같이 붙어있는
풀잎들처럼

죽지 말고 살아라
죽지 말고 살아라
제발 간곡하게 부탁하니
하루라도 더 오래 악을 쓰고 살아라

죽기를 마음먹은 독한 마음으로
살아내라
살아내라

행복이 영원하지 않듯
고통 역시 영원치 아니하다
그대가 오래 살아서
악착같이 죽어라 살아서
다시금 행복을 맛보았을 때

나 역시 행복해지리라

이 세상에는 우울한 자도 많고
괴로운 자도 넘쳐난다

허나 검은 도화지에 흰 점이 빛나듯이
당신에게도 흰 점은 반드시 오리라
흰 점이 모여 선이 되고
점이 모여 그림이 되리라
행복의 그림이 되리라

그날까지
죽지 말고 살아라
악착같이 살아라

마음은 변덕쟁이

마음은 변덕쟁이다

어제 먹은 마음
오늘 먹은 마음
같은 사람인가 싶은 정도로
변덕스럽게 변한다

확신하지 말지어다
네가 오늘 한 생각이
내일은 바뀔 수도 있으니

차분하라
네 말의 방향은
언제든 바뀔 수 있으니
함부로 뱉지 말아라

마음은 참 변덕쟁이다

고요

슬프다

불안한 채로 잠이 들고
고요함 속에 눈을 뜨면
거대한 운명 속에
그저 작은 인간일 뿐인 나로 일어난다는 것이

그러나
그 거대한 운명 속에서도
의연하게 개척해가리
누구보다 의연하게

고요한 하루 속에서
오늘도 아무개는 살아간다

후

격정의 눈물

그 후에 있을 뜨거운 웃음

강렬히 게워낸 후

찾아오는 충만한 카타르시스

짝사랑

어릴 적 어여뻤던 그 아이
마음속에 담았네

몰래 흠모했었던 그 시간들마저
마음속에만 고이 담았네

그이는 알려나
알았으려나
모른대도 상관은 없지요

오로지
내 마음속에 그윽이 담긴 추억 하나
그곳에 살아 숨 쉬는 어릴 적 그 아이

혼자

혼자 있어도
잘 노는 사람이
건강한 사람이래요

누군가가 없으면
우울해지는 사람은
맘이 아픈 거래요

나는 얼마만큼

나는 얼마만큼 큰가
나는 도대체
얼마만큼 큰가

나는 도대체
얼마만큼 크길래
남의 허물을 논하나

나는 다만 바람 불어
요동치는 마음을 가진
단지 나약한 사람일 거요

다만 헛되이 보내지 않고
이 나약한 마음
비우며 살아가는 것이 정도正道 일 거요

오늘도 바람은 거세게
불어온다
아아 바람은 매일 불어오며

자만치 말라고
내 마음 요동치게 하며
세상을 쓸어갈 거요

평화가 있기를

파아랗고 청명하고
보기만 해도
기분이 좋아질 듯한 하늘에

붉은 고추잠자리가
가을의 향기
헤집으며 부드러운 곡선을 그리다

파아랗고 서슬 퍼런
보기만 해도
가슴이 청량할 듯한 바다에

살포시 내려앉으나
파란 바닷물에 날개를 적셔
반겨주지 않은 바다에 탄식하며

붉은 고추잠자리는
붉은 노을만
하염없이 기다리며 날아가네

아아 푸름은

붉음을 반겨주지 않음이여

서로 다른 것을 알아준다면 좋을 텐데

붉은 고추잠자리는

다만 가을 향

의지하며 날아가네

저어 멀리에 있을

그 붉은 노을

찾으려 외로이 가네

마음 한구석
선연히 남은
너의 기억

너를 그리면
아직도 네가
생생한데

머리는 연신
너의 기억을
너의 감촉을

잊었다 한다
머리는 내게
잊으라 한다

마음은 아직
못 잊나보다
머리보다 가슴이 뜨겁다는 말
이성보단 본능에 충실해지라는 말

전에는 전혀
알지 못한 말
선연히 데인 후에야

이제서야만
깨달은 그 말
참 애린 그 말

화애밀봉 花愛蜜蜂 – 꽃이 꿀벌을 사모하다

저기 멀리서 왱왱 소리가 들려와
이제 왔나보다 하며
잎사귀에 이슬을 한껏 끌어올려

그를 맞이할 준비를 한다
참 오랫동안 멀리 계셨던
돌아올 그를 반길 준비를 한다

오래 주리었을
그를 위해 싱싱한 꿀을 가득 준비하고
그를 맞이할 채비를 한다

사뿐히 선명한 잎 위에 내려앉는다
이제 왔구나 반기며
어디 있었나 하며 담소를 나누고

그는 꽃가루를 사뿐히 놓아두고
꿀이 달다고 하며 나의 잎에
인사를 하고 갈 채비를 한다

이제 가면 또 언제나 오려나
줄기를 쭈욱 피며
이슬이 다 떨어질 만큼이나 배웅해준다

싱그러운 기분이 들지만
언제 다시 돌아올지 모르는 그를 기다리며
나는 또 외로운 잠에 빠져든다

축복

시를 알게 된 것은
축복입니다

마음이 혼돈 속에 절규할 적에
내 마음 차분히 껴안아 주는 것이

바로 시랍니다

인생이 무어 있겠습니까?

집에 포근히 앉아
날 해칠 이 없이
따뜻한 차 한잔과 좋은 시 한 구절 읽으면

그것이 축복 아니겠습니까

메멘토 모리

그대여
오늘 하루 잘 살았는가

우리는 죽음에 하루 더
가까워진다
터벅터벅
들리는 발걸음
천천히 그리고 묵직하게
걸음을 옮긴다

어제 죽은 땅속의 영혼은
말이 없다
한마디만 더 세상에 하고 싶다고
울부짖어보아도
무덤 밖에선 들을 수 없는 것이다

삶을 위해 달려라.
삶을 위해 오늘 당장,
그대 부디 꼭 행복해라.

뒤에선 쫓아옵디다
죽음의 사자가
지금도
터벅터벅

풍류

우리 함께 흥겹게 모여
별을 한 움큼 달빛 한 모금
안주 삼아 즐겁게 노닐자네

인생살이 큰 것인가
땅을 벗 삼아 하늘 지붕 삼아
웃고 떠들며 즐겁게 노닐자네

서로 다툴 것은 무언가
편이란 건 대체 무언가
모두 잊고서 그저 즐겁게 노닐자네

함초롬하다 – 물에 젖거나 물기가 서려 있는 모습이
가지런하고 차분하다

나풀나풀 풀잎에
시원한 빗방울 앉았네
톡 톡 반갑다고 두드리니
안녕하고 인사하는 풀잎

초록의 육신은
물과 하나가 되어
가지런히 세상과 하나가 된다

기꺼이 모든 운명을 받아들이는 듯이
초신성과 은하들 사이 작은
청록색 점 속에 그이들

반갑게 화합하며 차분히
하나가 되어가는 아름다운 모습
참으로 함초롬하여 보기에 좋았다.

여우비 – 맑은 날에 잠깐 뿌리는 비

우아하게 내리쬐는 햇빛
적막함을 부스럭거리며
깨우는 여우비

맑은 하늘에도
비는 오는가
오히려 달군 대지를 식혀주네

하기사
날이 맑기만 하면
좋은 일만이 계속된다고
지구는 방심할 것이 아닌가?

비가 한 번 적셔주면
경각심을 가지고
언제든 젖을 수 있단 생각을 할 것이니
이는 오히려 전화위복이 되겠구나

여기 나의 별 지구엔 여우비 보슬보슬 내린다.

찰나

찰나의 시간
그 속에서 사는 우리가
인간에 대해 왈가왈부할 수 있는가

우리는 겸손해야 한다
아무리 배운다 한들
생각보다 우리가 아는 건
먼지보다 적을지도 모르는 일이기에.

한숨

휴

한숨 속엔
많은 것 있다

가장의 고독이
육아의 고통이
청년의 불안이

아이의 억압 속 꿈이
노인의 후회 한 줌이

인간의 번뇌 수십억 가지들이

아픈 것도

아픈 것도
살아 있어야 아픈 것이다

명이 다하면
아픔을 느끼는 것과
행복을 느끼는 것조차 할 수 없으며
회색빛의 무 속에서
영원의 세월 동안
죽어 있어야만 한다

사랑하는 사람의 손도 잡을 수 없고
맛난 요리도 먹을 수 없고
따뜻한 물로 샤워를 할 수도 없고
재미난 영화를 볼 수도 없다

살아 있어야 할 수가 있다

나쁜 것도

좋은 것도

살아 있어야 누릴 수 있다

그라데이션

친구들과 밤새도록
홍대 거리에서 즐겁게 담소 나누다
시간이 새벽 네 시인 것도 잊고 있었다

정겨운 내 고향은 역곡
집으로 가기에
택시는 비싸다 생각이 드는 게 아닌가
그때 눈에 들어온 따릉이 한 대
따릉따릉 어둠을 헤치고
한강대교 넘어 먼 여정을 떠난다

아이고 힘들어
여름밤에 땀이 삐질 흐르고
졸리지만 다리는 열심히 구른다
바퀴와 같이 구른다

하늘의 색깔은 검정에서
보랏빛으로 붉은빛으로 점차 바뀌고
그라데이션으로 바뀌어가는 하늘을

그날 처음 보았다

그렇게도 우주를 보는 걸 좋아하던 난데
스물두 해를 살아오면서
그걸 이제서야 처음 보고야 만 것이다
힘들지만 터져 나오는 감탄과 경이
온몸에 전율을 느꼈다

검은색 하늘이 붉은빛이 될 때까지
자전거를 타고 한강 거리를 달렸다

여섯 시 드디어 집에 도착하니
온몸은 만신창이. 허나,

그라데이션 하늘을 몇 시간이나 지켜본
진귀한 경험을 했노라
글로 한 자 남길 수 있으니
그저 기뻤고
그 후 행복한 단잠에 들었다

호흡의 아름다움

삶이란 살아 있는 것만으로도
얼마나 아름다운가
얼마나 가치 있는가

멀쩡히 살아 숨 쉬고
호흡하는 것 자체가
얼마나 신성한 행위인가

푸르른 나무는 청명이 울창하고
새들은 지저귀고
사람들 하하 호호
깔깔대며 웃는다

처절한 한 평 수용소에서도
희망을 잃지 않았던
인간의 정신은 얼마나 위대한가!

삶은 고귀하고

인간은 존귀하다

그러니 살아내야만 한다

처절한 현실 속에서도

인생이란 그렇게 이어지는 것이다

발걸음

인간이 얼마나 나약한지
거울 속 사내의 허물을 보며 새삼 느낀다

더욱 멋진 인간이 되고 싶었는데
오늘도 왜 이렇게도 침전하는가

아아
창조주가 주신 육신과 정신
완벽하지 않은 인간이라 부끄러우나
부족함 속에서라도
몸부림치며 독하게 살아보렵니다

실패가 두렵기만 한 인간이지만
매일 기도하며 나아가렵니다
허물 많은 사내지만
매일 거울을 닦고 또 닦으며
성찰해보렵니다

나약한 인간인 내가

실패와 좌절의 고통을 마침내 이겨내어

당신 보시기에 부끄럽지 않은

사람이 되려고

노력해보렵니다

오늘도 한 사내는 걸어갑니다

넘어진다고 해도, 다시 일어나 묵묵히 걸어갑니다.

새야

새야 새야
정갈한 대형을 유지하며
어딘가로 훨훨
진격하는 새야

무질서의 세상에서
어찌 그리도 질서 있게
우아한 날갯짓을 하며 날아가느냐

너희들이 가는 곳은 낙원이냐
무릉도원이냐
어디 좋은 곳으로 멀리 가길래
그리도 반듯한 학익진을 그리며 가느냐

꿈에야 그릴 그곳으로
질서 있는 대형으로
날아가는 새
그 위에 타고 훨훨 날아가고 싶구나

물방울

사소하지만 꾸준한 노력이
바위를 뚫는다

물은 부드럽고 유연하지만
떨어지는 물방울이 수만 년 동안 공략하면
단단한 바위를 없애버린다

게다가
물을 압축하여 분사하면
그 즉시도 바위를 동강 내 버리는 것이다

사소한 노력의 지속은 강력하다
초인적인 집중의 힘 역시 강력하다

노력의 지속과 초인적 집중이 합쳐져 중용을 이룰 때
삶의 장애물을 파괴할 수 있는 것이다.

글쟁이 천성

아름다운 한글로 글을 쓴다는 건
너무 행복한 일이다

너무 우울할 때면 나는 글을 쓴다
세상에서 가장 아름다운 나의 언어로

상상의 나래 마구 펼친다
오늘 있던 일 마구 적는다
떠오르는 시상으로 무아지경 끄적인다

탄생한 생명
시 한 편
일기 한 장
사랑하는 사람이 생기면
내 소중한 글들을 보여주리라

무거운 세상 속에서

가벼운 내 마음으로

글을 써 내려갈 때

나는 세상의 고뇌 모두 잊고야 만다.

어둠은 고요하다

짙은 밤 내음
밤이 찾아오면
어둠은 고요하다

애써 재즈를 틀어
소리를 퍼트려보아도

마음속은 어둠에 먹혀
고요하다
고요하다

눈꺼풀이 무거우니 정신도 아득하다
잠의 요정이 나를
기어코 그곳으로 데려가려고
하고야 마는 것이다

밤의 냄새는 고요하다
칠흑의 무지개가 잿빛 향기를 발산하며
사위를 두텁게도 턱턱 덮어댄다

달에 사는 토끼 한 마리가
은은하게 내비치는 달빛만이
재즈 소리와 함께 내 귀를 간지럽힌다

고요히 속삭인다
밤의 소리는 그렇게 사뿐히 고요하다
어둠이 완연해지면 잠에 빠져든다
그렇게 어둠은 완연히 고요해진다.

무엇인가

인생은 무엇인가
지혜와 지식의 차이는 무엇인가
살아간다는 것이란 무엇인가
우주와 은하는 무엇인가

양자역학의 불확정성 원리는 무엇인가
여기에도 있고 저기에도 있다면
무엇이 진짜인가
진짜 나는 안드로메다 어딘가에 있는 나일까
지구에 있는 나일까

안다는 것은 무엇이며
모른다는 것은 무엇인가

이 무한한 우주 우리가 모르는 것은
끝도 없을 텐데
우리가 아는 것은 정말 아는 것일까?

삶이란 무엇인가

사람이란 무엇인가
사랑이란 무엇인가

조금의 차이를 두고
같은 듯 다르고 다른 듯 닮은
삶과 사람과 사랑

사람이 만나 사랑하여 이어지는 것이 삶이니
우리는 삶을 살아가며 사람과 사랑하며
주어진 운명을 개척하며 살아가야겠다.

아아 무엇인가, 무엇인가.
시를 쓰는 이때 나에게 영감을 주는 것은
신의 은총인가 별들의 속삭임인가.

백설의 고산

사방에서 하이얀 눈발이 나린다
어제 떠나간 친구는 먼 곳으로
다신 못 올 곳으로 떠나가 버렸다

슬퍼할 시간은 허락되지 않는다.
산 중턱 너머 친구와 같은 유골들의 무덤이 있다.

백골들은 기이한 뼈마디 소리를 내며
흰 손을 내뻗으며
너도 곧 이렇게 되고 말 거라고
소름 끼치게 아우성친다.

뒤를 보면 어디든
새하얀 눈과 백골 같은 것이
즐비해 있는 이곳
살을 에는 추위는 뼛속을 강타하고
사방의 하얀 가루는 온몸을 덮는다

그럼에도 불구하고
쉬지 않고 올라가야만 한다
뒤돌아갈 수도 없고
곳곳에 즐비한 심연의 크레바스
멈추는 순간, 우리는 죽어있는 상태가
되고야 마는 것이다.

나는 누구입니까

나는 누구인가

거울을 보면

나와 꽤 닮은 사내가 있다

허나 깨진 거울을 보면

괴상하게 일그러진 무언가가 있다

볼록 거울 앞에 서면

신기하게 생긴 누군가가 있다

나는 누구인가

나는 어디에 있는가

내가 살아가는 이유는 무엇이고

삶의 목적은 무엇인가

모두가 죽는다

너도

나도

모두가

언젠간 죽을게다

딱 한 번의 죽음은

참으로 애석하게 공평하거늘

먼 훗날 내가 죽으면
죽어있는 나는
누구인가

옛 세대를 풍미했던 가수일까
그저 무명의 사내일까
날 기억하는 사람 모두 죽으면
잊히는 그런 사람일까
역사에 이로운 위인으로 적혀
오래 기억될 사내일까
알 수 없다

혹은 더 억겁의 먼 시간이 흐르면
역사歷史라는 것이 사라진 그 세상 속에서
한 줌 먼지로 우주를 떠다닐
그 나는 과연 누구인가

재래장터

조금 더 담아 줄게
넉넉하게 넣었어
인심 푸짐한 재래장터

별것 아닌 사소한 배려와 나눔
아주 작은 베풂에도
마음이 따스한 난로처럼
훈훈하게 끓어오른다

삭막한 세상살이에 잊고 살았던
사람들 사이의 정情

그래,
세상은 서로 나누면서 사는 것이
진정 행복한 것이지
하나라도 더 가지고 빼앗으려고
눈에 불을 켠 사람들은
많이 벌어도 불행할 수밖에

행복은 이타에서 나온다는
한 노승의 가르침을
아주 작은 인심에서 다시금 배웁니다

재미

인생은 모르는 것투성이외다
그런데 그러기에 또 재미있소이다
모든 것 다 알고 보는 소설이
어디 재미있답니까?

몰라서 재밌소이다
한 치 앞도 들여다볼 수 없는 이 인생이
두렵다기보다는 재미있소이다
두렵다기보다는 재미있소이다

어떻게 칠할지 아이처럼 설레하는
흰 도화지 앞의 화가처럼
나는 신이 났소이다
나는 신이 났소이다

큰 것과 작은 것을 합하여 만들어낼
나의 인생의 흰 도화지가
내 앞에 펼쳐져 있소이다
마구 길게 펼쳐져 있소이다

흠

왜 완벽해지려고 할까
적당히 부서져 있고 흠 있어야
거리의 고양이며 강아지며
새 한 무리가 다가와서
함께 즐겁게 기대며 노닐 것이 분명한데

나는 한 틈 여유도 주지 않는
완벽한 자를 이상향에 두고 살아왔구나

반성하노라
이제 집 구석구석 빈 틈새로
마음껏 날아오라 새들이여
나의 허한 마음을 그대들의 마음으로
달래주오
세상은 어우러져 사는 것이니

나는 회색빛의 계절이어요

먼 곳으로 간 내 님아
세상에 더 이상 님은 없는데도
야속하게도 계절은 냇물처럼 흘러갑니다

이미 님이 가신 겨울 지나고
새봄이 왔건만
피어나는 꽃의 향기가
더 이상 향기롭지만은 않습니다

아이들이 하하 호호
왁자지껄 떠드는 소리도
발랄한 봄의 바람을 나에게까지
닿게 하지는 못하는 듯싶습니다

나는 회색빛의 계절이어요
님 떠나보내고 색깔을 잃어버린
가신 겨울의 계절에 나는 언제까지고
영원히 머물러 있습니다

다시 만나는 날

그날은 형형색색의 꽃들 사이에서

벚꽃놀이를 즐겨보아요

그 최후의 날이 오면

나에게 다가와 안아주며

내 잃어버린 색깔을

다시금 찾아주셔요

좋은 글의 힘

이젠 참 지쳐
세상은 너무
많은 것을 요구하지 참 벅차
다 내려놓을까

그때 보인 책장
꽂힌 시집 한 권

절대 포기 말라던
한글 몇 자 때문에
눈물이 쏟아지네

참 고마워
글이 없었다면
음악이 없었다면
난 이미 이 세상에 없었을지도
모르는 일이니까

불행해지는 가장 빠른 법

내가 못 가진 걸 가진 사람

나보다 부유한 사람

나보다 잘난 사람

나보다 똑똑한 사람

나보다 운이 좋은 사람

나보다 멋진 사람

그런 사람들과 자신을 비교하십시오

끊임없이 비교하십시오

원망하고 한탄하면서

그들과 자신을 무한하게 비교하십시오

그러면 당신은 가장 빨리

이 세상에서 가장 불행한 사람이

되어 있을 것입니다

반대로 말하면

남과 자신을 비교하기를

멈추었을 때 비로소

매우 불행한 상태에서

탈출할 수 있겠지요

인생이 바닥이라고 생각된다면

비교하기를 멈추십시오

그리고 다시 생각해보십시오

살아있기에 감사하고

숨 쉴 수 있기에 감사한 것이라고

그저 어제의 나를 뛰어넘는

성장하는 내가 되는 것

그것이 가장 행복한 상태라고 할 수 있겠습니다

와신상담

월왕 구천이 된 것처럼
쓰디쓴 쓸개를 씹는다

내가 부족하여 무시당하였던 것들
언젠가 선한 복수를 하기 위해
이를 악물고 쓸개를 물고 독해지려 한다

내가 잘되는 것이
가장 멋진 복수라던데

무시하고 천대받았던 기억들
절대 잊지 않고 쓸개처럼 꿀꺽 삼킨다
두 손 꽉 쥐고 눈 질끈 감고
외줄 위를 최선을 다해 걸어가련다

그저 매일매일을 묵묵히 열심히 살다 보면
성공이 어느샌가 옆을 꿰차고 있을 거라는
한 성인聖人의 말처럼
두렵지만 묵묵히 나는 잠에 들고

내일은 어제보다 더 열심히
성장해 가려 한다

잊지 말아라
독해져라
그것만이 살길이니

달빛 한 술

역곡천에 스치는 달빛만 보아도
나는 구슬퍼집니다
동동 떠 있는 달빛 한 국자
어른인 나는 시원하게 한 사발 들이켜
옛 생각 힘든 기억들은 모두 잊고만 싶습니다

싫든 좋든 나 역시
아이이던 시절이 있었건만
세월은 냇물이 흐르는 것처럼
잡히지도 않고 멈추지도 않습디다

예전에는 듣기 싫었던 거친 말들조차도
온몸에 쌓인 나이테가 굳어져
그냥 그런가 보다 할 정도가 되었습니다

나는 익어가고 있습니다
달빛에 비춘 냇물 속 나는
분명 그윽하게 익어갑니다

야속한 세월 잡지 못할 바에야
나는 시원하게 달빛 한 술 들이키고
긴 꿈을 꾸려 합니다 아주 긴 꿈을